云朵背后的云朵

王永胜 ◢ 著

中国民族文化出版社
北　京

心灵与事物间的隐秘关系

——试论王永胜的诗

◎瞿炜

一、作为序言

读王永胜的诗，会让我想起歌德在《神秘的合唱》
中的几行诗：

不能企及的

这里成为事迹；

不能描述的

这里已经完成……

这诗来自《浮士德》结束时的大合唱，译文出自冯
至先生。据说冯至先生并不以诗人或翻译家自居，他喜
欢称自己是哲学家——这个描述来自他的学生，我忘了

在哪篇文章中读到的，但这个描述给我留下了非常深刻的印象。我之所以要在这里转述这个典故，是因为王永胜的诗歌创作之路，正是从冯至先生的译作开始的，比如里尔克等。他对波德莱尔也情有独钟。而他最初的打算并不是准备成为一个诗人，他要当一个历史哲学家之类的人。

我已不太记得王永胜当初来我办公室的情景，他大约是自荐要来我负责的部门当一个记者。我们一起在一家报社工作，但也许有人不认为他可以成为一个优秀的记者，因为他的腼腆和讷于交际的性格，往往让人忽视了他内心的敏感与擅长文字描述的优点，因此他在这里有不知所措的焦虑——这也是他埋在内心的一只必须驯服的美丽之虎。我们的交谈是愉快的，我留下了他，并和他一起工作了比较长的时间（大约10年），直到他离开报社。但我们依旧保持着联系。

正如他自己所言，他对中国当代诗歌的状态是持有怀疑态度的。的确，20世纪90年代到21世纪10年代，诗人遭到了前所未有的轻视和误解，并成为人们嘲笑的对象。但诗歌在中国是有着悠久传统的，在中国古代，有"不学诗，无以言"的说法。虽然很多古代诗人并不以诗人自居，他们往往自命为管理国家的士人或学者，诗歌只是他们的个人修养，但得以流传于世的往往是他们的诗文作品。且不论当下某些群体对文学修养的缺乏，即便是文人、学者，甚至作家，对诗歌的了解与认识也是缺乏得多，然而在民间又有着非常多的诗歌爱好者，这是一种反常的社会现象。而且，许多诗歌爱好者又喜欢以诗人自居，大量的创作都是荒谬而无任何根基的，于是泥沙俱下，良莠不齐，更增添了人们对诗歌的嘲弄与偏见。我估计这种现象还要持续很长一段时间。

然而这并不代表没有真正的诗人。永胜君大约受到了我的鼓动而希望在诗歌的世界进行一些探索。他的身上有传统士人和学者的气质，他愿意在历史传统中实现一种时空上的联系。我以为，诗歌曾经是文学的最高殿堂，但它的大门却是向所有人敞开着的。诗歌训练对一个从事文学、历史、哲学或其他学科工作的人来说，是一个非常重要的过程，它可以锤炼我们的语言，可以见证我们作为人的情怀——它所塑造的世界是自由而开放的，也是温暖而隐秘的。一个伟大的作家，无论他写下的是小说还是随笔，那些灵动的文字只要触动了人们的灵魂深处，他就可以被称为诗人。诗人不在于他的艺术表现形式。但诗歌需要有某种形式。

当王永胜将他最近的诗作整理成一部诗集《云朵背后的云朵》呈现在我的面前时，我感到非常欣慰，因为他做到了他想做的事。他希望我来写一篇序言，我就写了上面的这些话。但这远还不够，我想对永胜君的作品有一个解读，那就是下面将要说的话。

二、关于抒情诗的现代特征

现代抒情诗的特征是多样的，我这里所探讨的，只是来自王永胜的诗歌特征。

1. 格物致知与自我盘诘

在中国传统士人的身上，保存着格物致知的理念，但在现代学者中，更多的是对来自西方传统的科学理性的追求，由此导出对世界与自我的追索，或曰自我盘诘式的沉思。然而，《楚辞》中的《天问》何尝不是这样的一种精神？王永胜是一位优秀的记者和散文家——真正的记者是富有历史使命感的，而不是宣传员或歌唱家。他通过自己的采访写下了《迷途的羔羊》这样一部历史老人的纪实作品，并写有数量可观的历史随笔作品。他对传统文化有着深厚的修养，这也表现在他的诗歌作品中，那些历史事件、人物、图腾都将成为他诗歌中的意象，这些意象也就构成了他的诗歌作品最初的台阶与门框。比如这首《兽》：

> 威严的兽趴在青铜鼎上
>
> 怒睁双目，张开让人望而生畏的大嘴
>
> 沉默不语，看着
>
> 神武的帝辛凯旋
>
> 孔武有力，举觞痛饮
>
> 美人妲己搂着他粗壮的臂膀
>
> ……
>
>
> 仿佛就在一瞬间
>
> 大厦倾颓，将士倒戈
>
> 骄傲的姬发入朝歌

用很钝很钝的钺斩下他的头颅

怒睁双目，张开让人望而生畏的大嘴

又成为周朝的兽

它依旧沉默不语

守着朝代更替的秘密

诗人从历史事件和人物中得到灵感，将作为图腾的兽引入诗歌主题，在接下来的描述中，诗人还写到了这只兽，如今栖息在他的书桌上，装饰着他的黄铜镇纸——紧接着，诗人在结尾写道：

最后，兽成为儿童手中心爱的玩具

它的身体是舒服的皮质做成的

怒睁双目，张开让人望而生畏的大嘴

沉默不语，等着

肉嘟嘟的小手一捏

威严的面孔便开心地笑成一团

充满血雨腥风的历史最终变成了玩具，历史的反差在这里成了一个隐喻，消解在了一团笑意中，诗人将自己的诘问隐藏在了对一只兽形玩物的观察中，散文化的诗歌语言显得非常有张力。

诗人熟读古代典籍、传奇笔记，因此他的笔下，来自那些典籍笔记中的故事和形象总是穿越时空而来。同时，诗人又将这些意象与自身的经验结合在一起，与生活中的场景结合在一起，因此有时虽显得颇为诡异，却极大地丰富了诗人的作品内涵和意象。比如这首《止》：

提灯走在寮中昏暗小道

一袭白衣遇女鬼

那位老手艺人的安慰还暖暖在耳

客官，用藤条做的灯，自古都能辟邪

那两条凭空出现的诡异神龙

在夏朝宫廷挥舞交媾

如此不祥至极，匪夷所思

困扰着历代儒生和我

物困于名

纸片上的潦草笔迹被重新安排

当钵敲响

清净境地轰然倒塌

美人死于席间大话

手中利刃突然变钝

永胜君是一位敏于内而拙于外的人，他的内心世界与他的阅读联系在一起，与他的童年联系在一起，与他的故土乡村生活联系在一起，他总是不断回望他的世界——那个只属于他自己的隐秘世界，那里可以群魔乱舞，可以歌舞升平，可以自由穿梭，可以时空交错。然而，他的诗句所指向的并非虚幻的世界，而是现实的经验，是对当下生活的隐喻。他手格万物乃至虚空，他自我盘诘而无答案，由此构成他的永恒之塔。

2. 身世感与影响之焦虑

诗人对自身身世的敏感，在诗句中总是会有清晰的表现，尤其是一个内心培育着焦虑之困的诗人。有的诗人会回避身世的压迫；有的诗人会将自己的身世——无论是高贵、贫穷、婚姻、阶级，都将成为炫耀的资本；也有的诗人会正视自己的身世，无论是反抗还是认同，皆因内心的转变，而与现实利益无关。这样的诗人才是可贵的。王永胜应该就是这样一位诗人，他对于自己作为一个乡村孩子的贫瘠身世所承受的影响与焦虑毫不回避，也不刻意渲染，他如实地抒发由此而来的情感曲折，以及成长中的困惑与解脱。那么，这也是现代诗的特征之一，在王永胜诗歌作品中得到了成功的发挥。如他的《眼中波纹》：

与谦卑和善的你相反
我更偏爱在没有星光的夜晚出发
在布衣口袋里放一块铁
上面镌刻着有据可查的奇怪图案
作我前行加持的压舱石

又比如这首《陌生的口吃的脏孩子》：

陌生的口吃的脏孩子，

着一身不得体的衣裳。

像一只饥渴难耐的鹿，

终于敢踏进我们的村。

你在我家门前路口探头探脑，

又要担惊受怕我母亲的责骂。

你是否感受着一个完全不同的世界，

趴在尘埃里观看，所以才把胸膛弄脏？

王永胜发表有一部深刻的散文《我的口吃简史》，描述了自己的童年如何经历口吃的焦虑，并最终获得解脱的心路旅程，那种来自肉体的压迫与精神的拯救，给我留下的印象就是，这首短诗里的脏孩子似乎就是诗人自己的写照。

三、结语，以及关于诗歌的形式

对于诗歌的形式，王永胜的探索有着明显的痕迹。

在这部诗集中，有一些诗句整饬的篇章，也有一些是尝试着移植欧洲古老的十四行体的努力，可以看出他对严谨形式的追求，这种追求来自诗人的性格特征，也来自他的学识。但显然，诗人尚未找到最适合的形式来表现他汪洋恣肆的内心。也许有人认为形式不重要，但形式也是风格的一种具体表现，尤其是诗歌这种体裁。瓶子对酒的品质起不了任何作用，但一个造型优美的瓶子可以使酒与艺术的审美联系在一起，而对人产生区别于其他事物的特别作用，此所谓"个别"与"群体"的区别。诗歌更在"个别"的道路上寻找它的天命之主。我不反对任何形式，我反对的是只有单一的形式，或疏离于形式的表现。我的希望是，对王永胜来说，有他自己的形式，或他那借鉴而来的形式能相融于他的诗歌精神中。

诗歌之美，有外部的轻盈，就像一只蝴蝶，可令人赏玩；亦有内部的深沉，如有金属般的重量，而能直达心灵的彼岸，或触动此岸的本真。

读王永胜的诗歌作品，还有一种感觉，那就是如在迷宫里快步乱走似的痛快与苦恼。那种维系在他的细节经验中的记忆所形成的心灵与事物间的隐秘关系，需要

庞大的知识结构来条分缕析。他冷静地克制着情绪的
波纹，让风慢慢地吹出涟漪，变化色彩，这是他的技能。
诗人有他属于自己的趣味，他的活力使他有发现秘境
的独特之能。因此，他带来的阅读的喜悦，是加倍于
他的文字的。

2019 年 11 月 30 日

目 / 录

格\物\志

愚\人\颂

精\神\图

格
物
志

猫

一袭黑夜的长衫，

猫，在咖啡馆过道阳光里。

没有绕不完的铁栏杆，

却沉思着一个个封闭自在的宇宙。

是谁造了你难以描摹的瞳仁？

诗人口袋里两枚忧郁的金币。

横跨着单纯天真，冷暖两界，

见证着一场场精心的布局。

故人的坟墓被一次次打开，

几度热闹癫狂，几度荒凉如草。

沉默不语的主人被狠狠摇晃，

又被一一缝补拼凑。猫穿过

东方与异域风格杂糅的墓碑群，

惊扰了众人长长的清梦。

兽

威严的兽趴在青铜鼎上

怒睁双目，张开让人望而生畏的大嘴

沉默不语，看着

神武的帝辛凯旋

孔武有力，举觞痛饮

美人妲己搂着他粗壮的臂膀

帝辛不输于兽看到的商朝历代君王

甚至可以在上古五帝之间占有一席之地

纣，这个恶毒的名字

当然是胜利者泼在他身上的脏水

仿佛就在一瞬间

大厦倾颓，将士倒戈

骄傲的姬发入朝歌

用很钝很钝的钺斩下他的头颅

怒睁双目，张开让人望而生畏的大嘴

又成为周朝的兽

它依旧沉默不语

守着朝代更替的秘密

千万年岁月流淌

只是诗歌一节的跨度

兽爬上我的书桌

栖息在黄铜镇纸上

怒睁双目，张开让人望而生畏的大嘴

沉默不语，只是

在我无数次摩挲之后

——每当我灵感枯竭时

它威严的面孔变得友善安详

它回首凝望书桌上的打印机

看着庞然大物吞吐文字和历史

兽定格在同一姿势

直到下一次回炉再造

最后，兽成为儿童手中心爱的玩具

它的身体是舒服的皮质做成的

怒睁双目，张开让人望而生畏的大嘴

沉默不语，等着

肉嘟嘟的小手一捏

威严的面孔便开心地笑成一团

海

是一团捉摸不定费人思量的星云

你被那雄壮自负的将军看到

胯下如火的战马嘶吼，鬃毛飞扬

铁蹄焦躁地敲打着海边岩石

他想要征服你

就像他曾经征服过的每一个仇敌

你却在漩涡之中藏起

并报以某种频率的冷冷嘲笑

那个凄苦饥饿的白发诗人拄着盲杖

被一群善良好奇的孩子搀扶着

从一个海滨城邦到另一个海滨城邦

再给我们讲一个故事吧，好心的诗人

你那双长满明亮眼睛、颤抖的手

曾经仔仔细细地抚摸过她冰丝的衣裙

目光炯炯的女神啊，你——
掀起一个又一个恐怖的巨浪
刺翻一船又一船精美的锦帆
从这一片渺茫到另一片渺茫

蜥蜴

眼中蒙翳

下颚皮肤褶皱如蜥蜴

退休又被三顾茅庐返聘的

老妇人，手中紧握沙子

爱听奉承，爱听好话

在熟悉的句式中找出

认为真实和真诚的部分

并用装出来的苦笑和自嘲

泛上枯树皮一样的脸

熟悉不同场合许多礼仪和规则

津津乐道级别大小，讲究排资论辈

直呼其名，呵斥给她驾车的老同学

却在下一秒的电话中称他：某某弟兄

吧唧着饭粒

在越来越频繁光顾的疲惫中

回味往昔的荣光

在目光所及的领地

有的上升

有的下沉

蚯蚓

宛如故事里被流弹击中的

在路边喝咖啡无名无辜的客人，

小区滚烫的灰砖上躺着一条蚯蚓。

你为何要离开温暖舒适泥土里的家，

把原本肥嘟嘟的躯体暴露在烈日之下？

在顷刻之间干扁，也在顷刻之间被抽离。

你用遗留下的部分凝固成首尾相连的古老图腾，

一个并不完美的零或字母 O，留给我无数哀叹的可能。

青鸟

驮着布囊，打驴走过

一座座花草芬芳的园子

驻足于一株繁茂的梧桐树前

奢望，你能从高耸的枝颠

缓缓降落，稳稳栖在我的手心

噢，羽毛华美叫声奇特的青鸟

夜的海

一入夜，大海仿佛忽然换了一副面容。
就像这座孤岛上其他没有生命的景物，
暗铅色的天空，隐藏在黑暗中的浮木，
一只入定的八大山人的鸟立于上面。

海是火的绝望凝固，暂时的，再无时无刻不将多
余的溢出，给一个普普通通的中年流浪者。王仁
晓（这是你能在报纸上读到的一个毫无特色的名
字）刚刚把一辆破旧的共享单车，靠在锈迹斑斑
的海边栏杆。
任凭——
每一道海浪从庄严而迂回曲折的乱石间退去，每
一个人头的蘑菇在天地之间沸着。以某种和谐的
节奏，在祭师挥舞的手中，在风的吹拂下。

凌晨四点，

他的手足被无数透明的沙子唤醒。

另一个他，

已经穿过最冷的时辰，

抵达普天之下最温暖的季节。

碎纸机

华彩的手稿

谎话，墨与血

不用分门别类，一视同仁

都会被密密麻麻、没有神经的

一排排牙齿吞噬

化为一场均匀的、细条的

纷纷扬扬的大雪

落在透明的可拆卸的肚子里

掩盖了圣人和盗跖的尸块

打印机和碎纸机互为阴阳

高山流水，一唱一和

一个是雄辩得意的演讲者

大珠小珠，泥沙俱下

一个是阴冷无趣的犬儒主义者

把卡戎捆绑

一并送过冥河

不留下一枚银币

乌错石 ①

乌错石

是我普普通通的名

你用故乡的口音

轻轻地唤呀

我栖息的家

就在溪石旁边

水藻之下

每当浣衣的少女一脚踩进

白水不息流淌过的河埠头

我就与白龙们一起惊散

可是又不能跑开太远

---

①常见淡水鱼，温州永强话称乌错石，学名叉尾斗鱼。

好让我有时间重新回到

她羞涩洁白的脚趾间

我游荡一身红黑相间的花纹

曾让锅灶佛开心了好久好久

食草兽

云是身躯庞大脾气温顺的食草兽，
缓慢地咀嚼反刍着每一个仰视它，
醉心于描摹其飘忽不定轮廓的人。
不管是手握权杖荣耀自负的帝王，

还是凄风苦雨中行走的忧郁旅客，
它都一视同仁，齐物视之——
一根根剔除深藏体内的蓝色骨头，
再吐出来重组，其卯榫丝毫不差。

帝王的归还帝王，荣耀的依旧荣耀？
旅客的归还旅客，忧郁的依旧忧郁？
宛如没有名字的我独坐书房木地板，

同时读着三本诗集，每天只翻两页。

有风卷起漩涡，枯黄的树叶打转，

在如是大悲欣的，秋日阅读午后。

樟抱榕

太古怪的事与太古怪的酒，
我一向很难接受。所以——
昨天被雷劈的樟抱榕我没有去看。
曾经有一位妖媚如狐的邻家妇人，
拉我到江心古寺边这处著名景点，
她说：看呀，这就是爱情的象征。
那苦苦支撑的生锈铁架呢？我问。

千万伏的必然在千万米的云端凝聚，
再偶然地劈下。我们邑里歹毒的人，
眼睛里面且喜且惧：哦，这一声雷，
一定会劈中那来不及躲避的人，
我也期待那走了许久远路的倒塌声。

鲛人泪

你可知道，我来自黑沉沉深海岸

在那里，由冰冷的珊瑚铺成床

床上，每日每夜洒满惨淡的月光

我的身体虽然小于你们人类女子

但比她们更酥软，还开五彩的花

我既忠贞又放荡

我是一条赤裸裸的鱼

如江南山水晕染在你面前

每一瓣秘密的鳞片

自从我浮出水面，看过你一眼

我的爱，宛如蛀船虫在骨头里绵长撕咬

我从乌云之海掬起，放于你手心

再酽泣以一捧又一捧的珍珠泪

鸫与灰墙

那道灰色的敲门声，没有如期而至，
我举着樟木火把在无雨的秋夜出门。
还要时不时回头，看一看那紧紧跟随的
烈火一样的眼，是否已经熄灭？

栖满黑森林，自呼其名的失眠的鸫
长着凶恶猫头鹰的脸，也长着和善人的脸，
人形的脚掌牢牢抓住枯枝：
"死亡之后，木已成舟。"

人迹罕至，林中路的尽头，
是一堵众所周知、不言自明的灰色水泥墙，
上不著一字，扣之如海绵大海。

当火把在"哔啵"声中开始变冷，
我就用滑稽的方式跳跃离开此地。

愚
人
颂

止

提灯走在寮中昏暗小道

一袭白衣遇女鬼

那位老手艺人的安慰还暖暖在耳

客官，用藤条做的灯，自古都能辟邪

那两条凭空出现的诡异神龙

在夏朝宫廷挥舞交媾

如此不祥至极，匪夷所思

困扰着历代儒生和我

物困于名

纸片上的潦草笔迹被重新安排

当钵敲响

清净境地轰然倒塌

美人死于席间大话

手中利刃突然变钝

喝茶

茶盘拆自一艘废弃多年的木船

无数次浮浮沉沉和无数次的摩挲

成为它的包浆

最终泊在书房外爬满青苔的阳台

在洗衣机旁边

覆杯茶盘之上

天降硫黄与火

以茶盘为天地的蝼蚁国

就面临五百年一次的文明灭绝

它们之中那位领头的

站在茶盘水道旁

企图与我立约

仿若必将兴起的先知

让我把硫黄与火降在别处

比如，五百里开外那片参天大林

——那只是一片菖蒲叶

它怎能明白喝茶者，我的心思

正如我又怎能明白，他的心思

温酒

把两块青砖如江河放好

中间留出对峙的空间，好架上一口锅

再倒进故乡上好的黄酒

那可是异域美人琥珀色的眼睛

撕一页自己的诗稿，细细读了

那些巧妙的韵脚用东瓯方言吟诵

别有一番味道

噫，又不足与外人道也

然后化成一只只魏晋的玄鹤

飞舞在昏暗的斗室

羽毛呲呲有声

我却不能啸啊

悬挂于墙壁上的冰裂纹古琴

弦是用丝做成，只够自己聆听

那又怎么能够，怎么能够喧嚣

哦，酒也恰恰温好了

应答

捍着毛边纸就着灯光细瞧

一道道冰封的河流

就会像羽毛一样显现

就算如此乾坤倒转

河流依旧为之不流

并不融化一方冰块

狼毫笔蹚过皱褶

八卦步穿过林间泥路

那细微的沙沙声呢

只是大雪无声落满禅院

在清晨的班车上，适合读诗

读一行里尔克或是杜工部

玻璃窗外的行人

就会模糊成一盏盏有故障的

声控电灯

宇宙之中遥远星球的确切引力

都难以将他们一一点亮

只有留在端砚上的朱砂宿墨

无心地开出一片圆圆睡莲叶

清明

无声的叹息，爬满

老旧的石头墓门

平凡、乏善可陈的祖先

一只轻柔透明的手

穿石而来，拨动

跟前层层叠叠灰色的花瓣

苦修

苦修的人，我看见你藏进深山。

露出瘦骨的胸膛，内有一瓣破碎的心。

你坐在时晴时雨的树下，每日每夜，

纹丝不动，滴血穿石。

锯掉多余的，升腾，泯灭。

想用一双闭眼的手，

拨尽天地之间无穷的浓雾。

可是，苦修的人啊，石头里

可有嘲讽的冷笑起起伏伏？

可有面如冰霜的神女窃窃私语？

静坐

好吃懒做，情欲蓬勃的胖长老

脱口而出五字箴言：避风如避箭

所以，我紧闭门窗，堵严缝隙

为了双足能踏上你的至圣之所

手捧一瓣广大深邃的静谧

我斩断身上所有的天线

只留呼吸和一双手印

在茫茫雪地间，一株参天榕树之下

背后草地轻轻颤动

你似乎要来

却被林间突然起来的风所阻

面孔

镜子里面的你，如书本一样沉默，
每一次仔仔细细平等不安的对视，
我们之间的距离就会陡然增加一里，
仿佛退回久远的斗兽场，两两对决。

辗转沟壑，奔走流窜于蛮荒之地，
我未能谋面平平庸庸的先祖，
有着和拉奥孔一般被诅咒的气色。
每当被命运毒蛇意外地亲吻——

就带着无可奈何的笑容，卸下行囊。
无声的哀叹被途经的山川湖海阻隔，
再栖息于我的面孔，慢慢凝固干涸。

俯瞰故土的先祖，早已斑斑驳驳，

却在每一个不眠的夜晚，化成醉酒晚归人，

在寂静楼道喧闹，粗鲁地一遍遍拍打门环。

等待

我是被遗弃在路边的一个孤儿

留着傻傻的西瓜头，眼睛大大的

带着异乡人的口音

人们来来往往

只有我，一直在耐心等待

我心灵的主人

你会突然不请自来

你头戴花环，手拿权杖

骑着一匹淡蓝色的高头大马

薄雾从大地深处升起

黑暗随马蹄嘚嘚褪去

冻僵的甲虫、枯枝败叶

和无家可归的人

只要被你的权杖轻轻一点

就会被一一送进温暖的门

这时我会跪下肉嘟嘟的膝盖

求你收下这一无是处的躯壳

女神

你离开巍峨可畏的山峰

降临赶考书生昨夜的梦中

缤纷耳饰，清脆作响

黑发如群蛇盖住羊脂的裸体

色授魂与，在我耳边低语

然后在雄鸡报晓前飘然而去

我原本该披衣早起

燃灯做好笔记

只因一时的懒惰与侥幸

让它回笼

让虚室生白

年谱

谢绝了朋友过于热情的招饮，

我从江南小城骑蹇驴而来，

为先生订年谱。

刚一切笔，

虚构的大雪盈满后山，

孤灯刺破午夜的黑暗。

数十环相扣的斑驳铁链，

如长龙当空飞舞。

环与环之间又留有足够的空隙，

好让蚀骨的细沙绵绵穿过。

哪一环是先生不能碰的逆鳞？

又如幼稚园草地上，

玩老鹰捉小鸡游戏的小孩。

面目可憎的好事者一声怪啸，

天真和世故的都惊散逃开，

却又以某种神秘莫测的轨迹再聚拢。

徒劳

我填千字文，安抚已探到喉咙的兽
手指一滑，就能升起万千饥饿火焰
我修身养性，缓慢聚集真气于丹田
通过窄门，站立龙门耸峙无人旷野
在喘息与疲惫之间，呼喊那人的名

我不远万里而来，攀爬这满是台阶宫殿
甚是灵验的高山，仰望无数人头和肩膀
簇拥的至圣之所。我窥探着那盏摇曳了
数百年的昏黄奥秘。神坛上的勇武大神
用威严的眼神俯瞰，对每一位异乡的人
他说：迫切性的无望追求，徒劳的部署

我会

我会在清晨煮茶，在水沸之前读读诗
周梦蝶胜过辛波丝卡

我会用沸水浇灌阳台木茶盘上的小虫
方生方死，灭国灭族

我会在晴天打拳，意在拳面，腾起杀心
打开那只看不见的眉心之眼

我会在雨天研墨，以墨淡为上以字为师
那是久远的巫师看着不祥的裂缝，叹息

我会在有云的日子，接受幼童们的嘲笑
那只是另一个世界的岛，你怎么不知道

我会同时看好几本书，但总数不超过七
我会在深夜舞剑，钢筋水泥如古代峡谷
听取蛙声一片

我会在秋风起的时候，外出访友
那是住在湖水西边嘴角冷冷的修道之人
我会把万千汇成一，换她一个"好"字

诅咒

穿过随便一座繁华如锦的城市
随便一座衰败的乡镇
夜色笼罩，面貌各异的
一个个江南山头

被诅咒这只枯藤有力的手
攫获的少年。比如我
身上流淌着从先祖那里
继承而来的血液

每一个与我擦肩而过的人
比如甲、乙、你，都是闷闷不乐
我凝视着你，一片溢满的深渊

忧愁如五爪龙爬上你的眉梢

宛如与生俱来的面相

就在赤裸而又冰冷的玻璃发明之后

复仇

去村口打铁铺取剑，要经过河畔的小酒馆。温顺的枣红老马拴在店门口一段璀璨的星辰上。掀开油腻的帘子，老板娘的眼睛笑成一条线。我说："只是顺路经过。"仿佛说特意来喝会显得太过隆重。她随手拿起身旁一把产自异域的弹拨乐器随意扫弦，我枯坐门口。剑身八十二公分长短，丝毫不差。这个数字对我至关重要。铸剑师一次次将烧红的铁折叠锻造终于让剑纹流畅如云。"三个月，只需三个月，我就能取下那人的项上人头。"

噩梦

K去省城参加培训班，住进了会务组分给他的免费房间。房间在走廊的尽头，走廊上铺着用来消声的、耐脏的灰色毛茸茸地毯。房间门冲，且房间号带有4这不吉利。白天逃课逛了一天西湖的K，在晚上给南边的情人打了一个电话。"晚安是晚安之后还想说晚安。"可话语甫一说出口，你，我，我们，始终还是我们。楼下空地上不知是何种材质的金属片，在寒风中敲打待旦。在灌下两杯黑暗之后，一折折噩梦迎面割来。黑色的水母在床边缓缓升起，如肃穆的抬棺者。

洗词语

眉宇迥异、难以捕捉的两位浣洗女神

把一个个词语浸在上游的河水里

一位洗去沾染的油渍与色彩

直到露出最后一层久违的透明质地

回到仓颉造字之初的本意

里头有泥土的芬芳与飞鸟的爪印

一位却染上色彩与油渍

直到每一个词都变得怪异陌生

像凶残嗜杀的末代暴君突然归来

指鹿为马的史官紧紧跟随

这是一场漫长 / 捷径的操练

心性不定的顽徒，在师父面前

枯燥乏味地扎着长长的马步

这是一场缜密的阴谋营造

把一碗夺人魂魄的无臭无味汤药

在文火上慢慢地熬

当浸染／洗净过的词语

垒到一定规模，效果才显现

以词语为长堤顽石

以词语为冷剑骏马

直到被分门别类

被一一扔进布囊

安魂曲

卸下华美、珠光色的皮囊
杵在那里如一段失魂乌木
不再理会满池癫狂的部众
尽管头已半秃，嘴唇微怒

像风沙中不再回头的过客
踩过的每一脚印都是错误
又如山前古庙睁目的泥塑
就这样露出冷冰冰的盛服

刻意的遣词造句与搜肠刮肚
对每一稍纵即逝的意念飞舞
都是精心的伤害。那就不如

古琴一张，清香一缕

膝头一本高仿的《富春山居图》

再为道上兄弟谱一阕安魂曲

金缕鞋

逃离了主人一再盛情的挽留，琴声停歇，
面容尊贵的客人起身拂拂衣袖准备告辞，
我也只得随他们鱼贯而出美丽的月亮门。
主人家年轻妖艳的妾，躲在山水屏风后面
侧转身体，洁白如玉的脚踝点在清泉，
她射出热辣一瞥，用唇语约定见面地点。
熏人晚风满庭院，我读得甚是分明——
就在有一排廊柱的画堂南畔，假山旁边。

手提着金丝绣成的巧鞋，还要担心裙角，
双袜滑过冰冷潮湿的黑暗大理石台阶。
在轻雾朦胧的淡月下面，我慌乱地奔跑，
一想到我那羞涩的情郎，就如花蕊轻佻。
恋爱之中的自卑最为致命，情郎呀——
你只管放胆，奴为出来难，教郎恣意怜。

枯山水

如蝎子毒刺一样巨大的手，
在日光之下既笨重又轻盈地行走。
每天按一定饭量吞噬着无用的老物件，
再堆积成各种主义的枯山水。

我特意驱车，去和我同名的村庄看看，
在寒风路边多站一会儿，都显得心虚。
云雾起来，又突然散去，
是一个名不见经传的乡镇写手的背影。

除了云、树、石和各种零食包装袋，
可降解和不可降解的，
大地一无所有，连名字都是可疑的。
谎言，一喊出口就会如石块长久？

废弃的祠堂门前荒地上，
无名的枯黄色野草摇曳。

将军曲

吾，刚刚砍了那个无礼的说客祭旗
管他个两军交战不斩来使的破规矩
只因这厮气势高昂，俨然正义化身
完全不把吾——
吾这断发文身的东瓯将军放在眼里

鲜血殷红汩汩，洗涤鼓声震动的沙场
看着他死鱼一样的眼睛，吾并无怜悯
将泛着寒光的长枪插入他的血泊之中
这会让吾这淬过毒火的枪刃更加锋利

那些投射出去遮天蔽日的燃烧木块
如故乡愤怒的诸神，陡然收拢羽翮
——降临在这凄风苦雨的中原之地

从吾口中发出野兽长啸般的"瓯——"

足以让绝望之城的公主抱着床架胆寒

愚人颂

故事里的你，总得要缺一点什么吧
在肉体或是精神方面，但不能致命
瘸腿和好骗多疑，会是最佳的选择
大多数时间是可爱的，且心地善良
还有一技之长，会娶一个绝色妻子

你是上帝与魔鬼间一个游离的坐标
常常忘记故事刻度、月份或是星期
你的名字挂在另册，出入却最认真
当别人悲痛欲绝时，你却手舞足蹈
只有你还一直记得，要演好这场戏
当别人手舞足蹈时，你却一本正经
想掀开舞台的幕布，看谁藏在里头

永定土楼

九月清晨的阳光透过砖窗花，
在青石板上打出斑驳的光影。
驼背沉默的老人在圆形一角升起炉火，
这座灰白古老土楼历代所有者的名字
都写在烟尘里。

"那是我爷爷的爷爷，"
神位旁边卖杂货的中年客家女人骄傲地说，
"按照天圆地方、《周易》样式营造。"
——那真是太过招摇自负的符号。
"来自远方的客人，只要你们每人再交十元
就能登上楼的最高处，窥探众生秘密。"

我携着序儿，细数着窄木楼梯的嘎吱声，

每一次轻微的踩脚，都足以让谜团爻变，

阴升阳降，次第花开。我知道——

这只是一个古老的游戏，

而局中的人早已不在意。

邻人之妻

邻人之妻叼着细烟倚靠在

猫头鹰酒吧路边的木栏杆

穿着制服的女侍应来回穿梭

宛如耐心十足的垂钓爱好者

娴熟吐出魑魅烟圈扔下诱饵

准备与水面下群鱼挑逗厮杀

我举起黑色易碎的猎猎大纛

招引四方孤魂加入我的大军

好让他们，梦里不知身是客

我要在闺房之中竖起落地镜子

颤抖嘴唇后退，仔细看着自己

怎样与经过窗前的众男子

以悦人的姿势堂堂正正地

品尝这双倍的肮脏与快乐

重如磐石

一一抹去，公园里的广场舞音乐和鸟鸣
想象的真实鹅毛大雪落满，白茫茫一片
整个天地只剩下我一双微微发烫的肉掌

在孤岛中央，一株参天榕树之下
庄先生登梯拿下悬置树梢上的木榻，如魏晋故事
算好时辰，煮沸开水，温好两只茶杯，含笑谛听
宣德炉里袅袅上升的，是窈窕仙女彩裙上的素带

我又走上幽深陡斜的长长石阶
站在西湖边的岳王庙寂静院落
劈、钻、崩、炮、横
魁梧神明的注视如芒刺在背
禅师啊，我的意，重如磐石

无声燃烧

无声燃烧着长方形蓝白色的火，
在这异乡的老旧走廊各自沉默。
你一熟睡，就会有死神的婆娑，
天真无邪、确切虚幻、阴晴难说。

我不能对你毫无保留，
腰肢放荡，眼里却藏起空洞与假意。
我要反其道而行，如逆流而上的鱼，
像印印泥一样炙热拥抱，两两消融。

最后适可而止，冰冷拒绝。只有这样，
你对我的思念才会像河流一样绵长。
如久远的名帖，流传有序，生生不息。

不要等时辰一到，你和我，船和芦苇，

都会如铁块沉入宁静而喧嚣的水底，

再各自长出一条美丽而忧郁的蛇尾。

偷炭的人

当巫师无边黑暗的斗篷笼罩森林

我看到人们在旷野之中升起篝火

和刀耕火种时期久远的先祖不同

他们的眼神之中只有贪婪与饥渴

早已没有了恐惧战栗与内在谦和

再加些能哔啵作响的香樟木条吧

再把火焰烧旺一些吧

好让滚滚浓烟呛着他们的鼻子

照出他们空洞无神的双眼

是啊，外来的和尚好念经

失眠的人，臂上布满斑驳刀痕自杀未遂的人

归来之后，一一穿上荣耀的彩虹之衣

面对篝火，变成一只冲虚平淡不容争辩的兽

从篝火中，我偷偷拨出一块炙热灼手的炭
静静端详，那被渐渐烧成虚空的木头纹理

眼中波纹

与谦卑和善的你相反

我更偏爱在没有星光的夜晚出发

在布衣口袋里放一块铁

上面镌刻着有据可查的奇怪图案

作我前行加持的压舱石

从日常的某一天开始

我的眼中就布满波纹

它们垂直缓慢地升起、降落

甚至是横向地穿插进入

像电影中场一个有事起身的人

众目睽睽穿过宽屏银幕

旁观几阕悲欢离合的故事

这些都是直接地发生

宛如"想"与"思"的区别

夜的女神

夜的女神，缓缓合上悲悯的眼睑，

寒冷雾气，就从枇杷树后漫过来。

如此温柔，又如此宽容，

山间逆旅那扇老旧木门永不上锁。

你张开洁白手臂接纳一个又一个

形迹可疑，各自低语的疲倦行人。

备好热水，又铺平暖衾，

在西风中，一一拴好鞍饰简朴的马。

直到永恒不变的，从屋外栅栏升起。

冷酷的白昼之神，从门缝之中递进

一把发亮的刀子。

守护原型

穿过植着两株枣树的院子，

我比钱先生早到，那间古旧平房。

忧郁的长子当掉江南故乡，

游荡于野草，从残碑断垣

与野史笔记中吸取寒气，铸剑。

他冷冷地立在傍晚的风中，烟篆缓缓上升。

人们说，你是冰中冻着一团火？

瞳孔，呼吸吐纳着让人恐惧的虚空。

在人生道路的中央，

连写下这个数字都是不祥。

在每一道轮回的连接处，都要小心谨慎。

在荒原，吹熄火把，坐下，如一块沉默石头，

耐心守护自己的原型，仰望升起的璀璨群星。

万有之歌

其翼若垂天之云，万有的鸟

披着发蓝的微光，却没有眼睛

它掠过深沉无边的黑夜

一个个形销骨立的幽灵举目

他们都无法认识甚至是想象

万有之鸟的全貌

只能尽量捕捉从它宏大的身上

抖落的不在此地，更多别的东西，诸如：

一根羽毛的轮廓与沉重

裹着隐喻的恐怖与缄默

趁它在突然、费解、偶然的转弯之时

时间裂缝

几句浅尝辄止的无趣寒暄

每一个进入电梯里的人

都不约而同陷入流沙河，沉默

然后各自低头刷手机

他们都不敢看门 / 镜子这一面

每一个伸向贫女篮子里偷鸡蛋的贼

灵魂白玉上每一个斑点每一条冰裂

都一览无余

他们都不敢讲话

每一个开口讲话的人

都会变成罗得的妻子

——那根盐柱，至今还立在那里

电梯缓缓下沉

在时间的裂缝里

一个天真的孩子放声歌唱

盐柱松动，盐粒纷纷扬扬

塞壬歌声

十个难以捕捉的精灵，

十条狡猾的蛇。

舞蹈在迷幻的格子黑森林，

收录在塞壬甜腻的歌声里，

横陈在逼仄店铺的门板上。

每天坐在机器前的冰冷美妇，

终于乏了，她从不相信。

冬日的阳光

走在冬日的阳光里，我突然意识到
我比能看到的任何一张照片之中的
那位动作演员都要苍老。
我不知道表达得够不够清楚，我的朋友。
我扣上了那件灰色的风衣，
他们称之为"性冷淡风"。

我们曾经逛过方圆十里每一家录像厅，
去寻找他主演或参演的每一部电影。
就像翻遍后院的每一寸泥土，
去捕捉几条大小适中，
能让整根鱼钩轻易穿过的红色蚯蚓。

我们一起去乡镇阅览室看书，

——那是由本族宗祠一间空余房间改造。

那一天的阳光也像今天这样，适合晒鱼干。

阅览室里空无一人，只有满墙的诸神缄默。

没过多久，一个三十多岁的年轻管理员

从远处跑过来。

——我们都渡过了那条理所当然的河，你却没有。

他笑着说："你们知道的，这只是一份工作

我也只是在业余时间兼职一下。

我其实是一个电脑工程师，在平时。"

他指着门口桌子上那只空了多日的蓝圈碗：

每人五毛，时间不限。

"叮叮"两声，非常巨大又非常辽远，

像肉身投入野兽黑色深渊的大口。

"你以后会写诗吗？"你问。

我回答了你的话，

再把一位疯子作家写地狱的书插回书架。

可惜，你连我写的一行诗都没有读到过。

海边寄 R 君

夜晚海边静静燃烧着的一段木头

没有太多烟尘，我把手伸过去

那巨大的灼热让我惊惧

你爱过许多人，也被许多人爱过

你包容万物，也日夜拒绝我

这，我都知道

这里的天气真是变幻，R 君

蛇吐出四面八方的信

树，在雾气之中摇曳

我很想拍一段 15 秒的短视频给你

还有五月的南风，让海水浑浊如泥

如果让那位石头做的永嘉太守看到

——我刚巧从他的身后轻轻走过

那该如何是好

我把空酒杯狠狠地倒扣在酒桌上

扑面而来的望海楼就一直在风中

故人雨夜来访

摆好一张椅子，在阳光里

等待一位出门多年的朋友

他把蓝色的坐骑系在门口老旧的拴马石上

暮色突然四合，凄风伴着苦雨

穿过颓废的门台，他走向我

脸色煞白，头上长满杂草，身上披着鳞片

我搜寻那双往昔热情炙热的眼

他却一再拉低帽檐

他放下伞，拍拍外衣上的雨水，幽幽地说

上次匆匆告别，有些话还没来得及讲，甚是抱歉

我信马由缰，去了遥远陌生

介于生与死，永恒与腐朽之间

一个无需舟楫的桃花渡口

在那里，碰到几位故人

他们托我带话给你

那个被你欺凌与侮辱的美人

颓丧地坐在落英树下

一根根拔下自己的头发

用来计算她对你的恨

可是，每拔下一根

头上又会长出九根

她原本美丽的容颜

凋谢丑陋如蜥蜴皮

她原本婉转百媚的喉咙

现在成了破锣破钵一筐

只有眼神，还有几分相像

她问：那些极乐迷醉时说的诺言

到底算不算数

究竟需要哪些前提条件

那个被你同情与眷顾的将军

穿着生锈的甲胄，身体端正

紧握虎符，威严地坐在军帐中

那颗被砍下来传遍京师的好看头颅

就放在脚边的木匣子里

头发茂密，美髯发亮

开口说话的声音

竟然如江南书生一般柔柔糯糯

他说：纵然勇猛如霸王智如子房

又如何能逃脱这偌大鼓荡的风箱

那个被你欣赏与崇拜的奥地利作家

经受住了两次末日浩劫

对他内在精神的残酷考验

他用左手食指抚摸上唇的胡须

右手端着一杯无毒的咖啡

满意地站在古堡前

妻子靠在他的左肩

就像人们最后一次看到她的模样

他答：人性的温暖与内心的恐惧

那只是人们戴着的最里层的面具

千里浩渺烟波，又怎能吹开一缕

刚一说完，朋友又要拱手作别

决绝跨上蓝色坐骑

终于抬起噙满泪水的双眼，说

所有的善意与祝福，总会有嘲讽的人

所有的思念与执念，总会有几条到达

所有说过的话与没喝掉的酒，都会汇入北冥

所有你爱过的人与拥有的物，都会归于原位

山中二手书店

雨雾弥漫山中，老街蜿蜒升腾。
几株樱花斜生，远离热闹喧嚣。
路的岔口，是打着伞的扶桑恋人
看着情郎远去，背影如三弦朦胧。

转过这如此伤心孤绝的女人花，
我也无言，爬上人迹罕至的山坡，
转角二手书店正在歇业清仓拍卖，
用水泥墙砌出的故土，浮浮沉沉。

宛如平静对宫娥的离别君王，
于意大利男高音的咏叹调里，
我目击诸神的黄昏，悲剧的诞生。
安得开门对绝景，更思筑室藏奇珍。

在妻儿的一再催促之下，购书四本，

雨雾却在我结账出门时，忽然散去。

我劈头蒙上那条不能回头的古老禁忌，

一脚踩下去钻石璀璨一脚又归于灰烬。

天使，美杜莎

当可怜的灵魂跋涉十里山路，

我才从昨夜的梦中惊醒过来。

我看到你坐在花丛之中憩息，

十指交叉，双手环绕左膝盖，

这是拒绝与引诱的双重暗示。

我要在你耳边喃喃细语，

我要做你耳鬓间一缕又一缕

像水草一样听话的乌黑秀发，

当你低头，眼睛向下观看时，

好把我放在你的耳郭上面。

我会顺势拂过你洁白头颈，

和长着淡淡茸毛青春的脸，

并偷偷发出曼依石像般微弱的叹息：

"我善良的天使，我恶毒的美杜莎。"

我写喜悦与痛苦

我是徜徉在偌大眼眶上的一个小男孩

偶然捡到一颗花纹奇特的泪珠

都让我开心很久

我知道，我得到的只能小于你所拥有的

我构建城堡，安排侠士和歌女的

爱恨情仇，诅咒报复

直到一只绵长巨大的手突然伸来

抹去一切

我是一株慌乱生长的梧桐树

立于无何有之乡，斜月三星洞旁

我特别羡慕苏东坡或是李白

倚剑鞍马，然后绝尘而去

繁花落尽，小路飘零

最后，我是一只贪婪的兀鹫

盘旋在每一个故事里人物的头顶

吮吸他们最后的意志和执念

我的任务是，绝不可让他们穿过峡谷

走向那片长着漫天蓝色花草的土地

直到一个清瘦无畏的修行者

主动把他那副躯壳交给我

我看见我的忧伤

我看见我的忧伤坐在

快打烊的小酒馆巨大落地窗里面

是一个背对着我的中年人

他灰发的头侧向一边

他脸颊松弛，法令纹如刀

他沉默着喝着苦艾酒

他觉察到我已经觉察到他

然而觉察只是觉察，如此而已

世界是中性的，既不忧伤也不喜悦

他起身离去

隐没在凌晨空无一人的街道

宛如诸神——撤离废墟中的特洛伊

乏善可陈的小酒馆在散场之后

弥漫着难以描摹的神秘气味

然而这只是错觉，错觉只是错觉

如此而已

虚构的古典爱情

数百年前的赶考书生

和当地大家闺秀的轻柔情话

被冰冻在老旧砖木的缝隙里

抽着烟袋、沉默寡言、准备远行的马夫

把无数双凋零的手

伸向欲望与克制的深处

还有一条无声流铁的河

无边铜花萧萧地落

人们想溯流而上

都是徒劳无获

游荡在小径深处的

一缕孤魂野鬼

裹紧围巾，大衣里层口袋

深藏一声灼人的呼喊

第一层钥匙

是倒着阅读一本俗套的章回体小说

在北方古城漫天的风沙里

在故事里

你明眸流传

抿一抿嘴

道一句别离

南国秀美的山峰前

那根缠绕古佛的枯藤就会发芽

骄傲的王，大开盛宴

骄傲的王，大开盛宴

来自四海的宾客酒足饭饱

再把酒杯注满吧，莎乐美

请你再脱一层纱

别让我们这些尊贵的人

等得太久

喉咙深处裂开渴意

王的边上

头戴华丽巫师帽的聪明谋士

俯身过去，在王的耳边密语

密不透风，如堂前炉火湛蓝

只有那个等待太久的捉刀人

挪一挪脚

在宴会最热闹之时

突然陷入沉默伤感

黑暗笼罩无边的沼泽

黑暗笼罩无边的沼泽，

有的升腾，有的下坠，只有少数渡过

这扇消过毒的不锈钢大门。

门口枯枝上栖满乌鸦，

有的痛哭，有的喃喃自语，不停张开合拢手指，

有的站在兀鹫的天平上还嫌不够重。

有一个长着桃核脸的老妇人

靠近我，向我打听：

"先生，您有您母亲的门牌号码吗？

就是那位能交通鬼神既善良又可怕的灵姑。

我会备足香烛钱

请她可怜可怜我这个走投无路的老妇人。"

我的心突然变得如生铁一块，说：

"确实，您无能为力，

您能做的，只有耐心等待骰子掷开。"

陌生的口吃的脏孩子

陌生的口吃的脏孩子，

着一身不得体的衣裳。

像一只饥渴难耐的鹿，

终于敢踏进我们的村。

你在我家门前路口探头探脑，

又要担惊受怕我母亲的责骂。

你是否感受着一个完全不同的世界，

趴在尘埃里观看，所以才把胸膛弄脏？

你是否要给我捎来象征的信息？

湖边篝火旁那人向你招手耳语，

你并不相信也难以概括的人与事。

你却指指嘴巴，期期艾艾，

脸上满是无能为力的表情，

又摇了摇消瘦如柴的肩膀。

有多少事，就有多少风

有多少事，

还没来得及述说，

他就走了。

有多少事，

他至今不肯说，

长刺的藤蔓悄悄爬上心窝。

被打扰的主人，

送走访客紧闭房门，

脸上浮现冰冷苦涩的笑。

还有更多的事，

打包冰封在呜咽的暗河。

有多少事，

就有多少风

在森森墓道穿梭。

他的骨血融于泥土，

流淌在榕树的气根。

我呼，吸，

然而回应的

只是远天沉默的星宿。

晚风和搭在我肩头的手

收起了上一部分的金刚怒目，

面容变得雍容华贵目光安详，

如不动声色的活水一潭，

刀法娴熟的手艺人是日常的打扮。

他光天化日站立在我面前。

我看他削出诸多个世界，

每一个世界刚一脱手，

就羽化为一瓣瓣轻盈的蝶翼。

在每一个世界和每一瓣蝶翼间

都隔着刹那，那是醉酒的人

目击镜中的自己直至恐怖时的转身。

穿过万般面目而来。

醉人的晚风和佩着念珠的手

沉默地搭在我的肩头。

静默中的自在不解之谜

一个谜团卸下面纱，

宛如身经百战的将军，浑无伤疤，

他拣起一把朴刀，披上沉重铠甲。

山中旅馆大厅，四周书墙环绕，

巨大的小猫突然发现一只蜘蛛。

我冷静地、纯粹地、漠然地看着，

它开始用嘴巴和舌头温柔地虐杀，

在不经意之间随意地玩耍。

猜出那道拦路谜题的不幸国王，

却坠入了自身营造的黑暗悬崖。

杀鱼做菜之时，我想养一只小猫，

心想有它在身边活蹦乱跳，甚好，

一直留到火候已到、饭熟之后，

然后从从容容地，将它拦腰斩掉。

囚禁黑夜高塔顶端的情人

囚禁黑夜高塔顶端的情人啊！

我是张开手臂的鸟，一再跃入怒涛之中，

穷途末路的将军，披荆斩棘；

丑陋不堪的夜叉，分水而来。

当我的双足踏在异国温暖的沙子上，

你就会脱下外衣，披在我裸露的肩头。

你轻颤的唇之上有着青果子的香甜，

每一处可怜的关节，如花朵次第打开。

赤裸的腰肢摇曳，埋藏在长发里的眼睛

羞涩又大胆，在每一次热吻时瞪得滚圆：

"这样我才能多看你一会儿，我的情郎。"

只是那面容干瘪的乳母

频频催促、重重敲门、着实可恶！你说：

　"不要怪罪，我的情郎，年轻时她也风情。"

我独自坐在自家客栈门口

袒胸露乳，我独自坐在自家客栈门口，
透明的兽伏在脚边，鼻息恬静。
恋爱中的男女沉迷于快乐与自卑，
我沉迷于淡蓝色的等待与长镜头的忧伤。

不管是虚假的爱情还是烦琐的抚摸，
都归于身后酒柜里积满灰尘的器皿。
我是最铁石心肠、最公正的判官，
也是日光之下最怜悯、最好脾气的神。

对每一位住宿打尖的客人都一视同仁，
我用笊篱掠起他们多余苦恼的肉身，
再把他们的魂灵一一装入铁盒，
沉入冷冰冰的深渊谷底，永不开启。

直到你一身枷锁，打门前经过；

却向我投来，冷笑嘲讽的箭镞。

从一个县城到另一个县城

从一个县城到另一个县城
要跋涉一段漫长的盘山路
耳戴映山红的黄衣女郎啊
你执意飘忽在前避开人群

你认识途中的每一只走兽
也认识拦路的每一位精灵
你手中抓一小把狗尾巴草
独自打过杂草丛生的荒庙

我举着火把将你疯狂追逐
跨过山间汹涌的宽广大河
穿过戴着面具的迎神人群
也低头躲过无声送葬队伍

鬓角参白不再年轻的写作者

坐在这座由千万年时光

冲积而成的江心孤屿

看着不远对岸溯流而上的两三行人

浑浊江水缓慢沉闷东去

切割着你，也切割着我

我已无心再去分辨

俯身下去的榕树和樟树

都有着怎样不同的细微姿态

只有浓密如须的蕨类植物骨碎补

低语着攀附在粗糙的褶皱里

俯看着在江水中原地回旋的

如龙枯枝

一身金光的佛像早已不知去向

古寺在夕阳的余晖中残破坍塌

一声鸟鸣，一定会有什么

从东西两座古塔身上撤离

只给大地留下两颗灰暗的门钉

任其磨损

人生七十古来稀

词本里的这一句老话

又怎能会有错

鬓角参白不再年轻的写作者

举起一块有纹路的冰冷石头

狠狠砸向价格昂贵，心爱的

派克钢笔

那本还没写出来的得意的书

那本还没写出来的得意的书

藏在口吃者舌头后面的禅机妙语

平头老百姓的一句"当算"

墙上慢慢剥落的宣传海报

镜子背面的细小裂痕

压在普洱茶饼里的一具

扭曲静止油亮的虫子躯壳

从一把荣耀的椅子上起身

林间的风

落了一个晚上的樟树子

我写一百二十块一条的影评

我写一百二十块一条的影评

也写一千元一首的优美赞歌

我听从现场的人指挥

帮忙摆放会场椅子

装好名目繁多的荣誉证书

还要不失时机夸奖一句

以壮行色

我把灵魂的繁茂大树一片片切落

再放在油腻腻的秤上待价而沽

我还要说服自己

这就是祖祖辈辈的生活

亘古如此

我演好片也演烂片

我咀嚼生活的五味杂陈

我穿过午夜的门洞

走进裹着薄雾的城市

周而复始

你侃侃而谈
日光之下所看到的

你侃侃而谈日光之下所看到的，
对栖息隔壁黑暗房间里的我
却一无所知。
一个我，
面容神圣安详，紧闭双唇双眼，
腰肢纤细，贴体衣裳薄如蝉翼，
让每一个看到我的人，
都泛起不敬的情欲。
另一个我，
是男人身，野兽的头，
肌肉虬结交缠，鼻翼微微颤动，
手持利刃，立于我守护的地方。

当覆盖天地的玄色大幕

掀开东方一檐，漏出微弱的蓝白之光，

我将合二为一，隐去肉身。

在众目睽睽之下破窗而入，

在你自认为珍惜名贵的毛毯上，

留下一双清晰的足印。

狂欢一夜萎靡一地的你们大叫着，

纷纷躲避，杯盏卜骨狼藉，

卧于宴席中心的你瞳孔惊恐放大。

我缓缓抽出透明的利刃，

在你身上取走怀疑与狂妄的魂魄。

也只有在这一瞬间，

我会让你瞥一眼，我冰冷如石的容颜。

从风中得到的诗句，
会在火里失去

在 A4 打印纸背面随意写下，
和贾岛在驴上月下苦苦推敲所得，
都是一件件早已存在、自我封闭，
连发蓝兵刃都穿不透的老物件，

是宣德琴炉般易冷的魂器。正如，
从风中得到的诗句，会在火里失去，
深情相拥的情人会在下一个岔口陌路。
诗人在禁苑四周日夜打转、徒劳哀叹：

所有的手指都指向那个芳草鲜美地，
狮和羊在禁苑中心的银色清泉安息，
四周环绕以汹涌大河，舟楫不能渡。

金发如泉水淙淙下泻的半裸美少年，

在泉水一角坐下，将白臂伸向水面，

他坠入爱河，却永得不到恋爱对方。

精神图

致但丁

你头戴桂冠，长着一张凄苦兀鹫的脸

栖身于陀莱插画，鲁迅数万册藏书之中

你营造森罗地狱，让众天使站立墙头

灰色长衫穿过，静谧伟大的地狱第四章

你在尘间被逐，恨恨诅咒着故乡

每一段神游，都要以灿烂"群星"作结

你把可爱的情人置身于神明异象之中

你的维吉尔沉默着，不能进入应许之地的苦涩

为了能看清那一束至高无上的光芒

所以你要先描写，至深至沉的寒冷黑暗

致叶芝

旷野狂风中，

一朵枯干的玫瑰花。

我敲开浓雾夜幕中，

残破颓废古塔

那扇包浆厚重的木门。

预言者从塔内旋梯顶端缓缓而下，

冷冷地看着我，说：

"正如你所看到的，

你这个来自遥远东方的陌生人。

我固守每一个意象，每一个象征。

迷恋年长美人金黄的头发，

我诗中的月亮，卢梭口中的妈妈。

向她的女儿单膝下跪，

想捕捉美人与美人之间，

一以贯之的神秘。"

我连忙道：

"于诗人，这是美谈。

在我们遥远的东方也是如此，

你无须心忧也无须心烦。"

你好像没有听到我的话

继续冷冷地说道：

"是的，起义失败了，

英雄被处决，我隐居古塔。

在两千年一循环的历史当中，

难道老人不该发疯？

莎翁笔下白发苍苍的李尔王，

我的助手，那面如国王的埃兹拉·庞德。"

在散场的都柏林阿贝剧院门口，

你藏身于熙熙攘攘的故乡人群。

裹着破旧褴褛的风衣。

那张让人迷醉费解的脸，

执意戴着镶嵌翡翠的黄金面具。

你走马灯似地创造一个又一个，

既古老又崭新的英雄，辉煌又暗淡。

舞台上的一株株假树，神秘又易朽。

炉子上的铁壶哧哧叫着，

是骑士冷冷的低声吟唱。

松烟墨条在砚台上研磨，

是你最中意的舞者打转。

我抚摸着你苍凉的墓碑，

在光秃秃的本布尔本山。

致杜甫

唐刀，断剑，骏马

与你最钟爱的凤凰

都落入这杯冰冷的浊酒里

化成一缕

只有你才能看到，感受到的

割喉的青烟

坐在宴席末位的滋味不好受吧

杜甫先生，我也曾就食三处

满饮这杯冰冷的浊酒

飞扬跋扈的太白

和老被你调侃的郑虔

都已离你而去

白发拄着桃木杖

一身的病痛，是你破衣上

自嘲的 LOGO

孤独和凄苦

哪一个在咀嚼之后更容易入诗

杜甫先生，你就归隐吧

你就漂泊吧

茅屋为秋风所破

你还记得少年时的遣词造句

壮游的无忧无虑吗

朝如青丝暮成雪

他们都爱你晚年泣血的文字

唯独我，步入中年之后

却不忍卒读

你的诗集应该倒着读

拔掉恶竹，拆毁茅屋

谁这时没有房屋，就不必建筑

从宴席的末位拂袖而起

你返老还童，蝉蜕老朽飘摇的皮肉

换上戎装

箭法一流

长啸下三峡

再策马北上

岱宗夫如何

齐鲁青未了

致大卫王

那天傍晚从我身体深处泛上来，

大海，紫色的汹涌的大海。

拔示巴的裸体甚美艳，

倾覆荣耀自负的大卫王。

你的骨肉胜过先前聪明俊美的亚比该，

你们都有一个冥顽不灵的前夫。

在金色的日光之下，你皱一皱眉，

于我，其威力甚于巨人歌利亚阵前诅骂。

情欲，我那高高扬起、众人皆知的情欲，

与我的美少年押沙龙的秀发一样，甚重。

我用真实的眼泪，灌溉，悔改。

主啊！我就是那个人，走世人必走的路。

我该如何合你心意？

丑事，在三百年之后是否无人知晓？

致佩索阿

只要单纯地看着山坡上的那个

快乐的牧羊人，就可以了吗？

一束光照进一间黑房间，

会带有诸神多少的意志？

沉思，是耐心地把一杯水分层。

十，并不是比九或八更值得纪念，

时间的玫瑰，也是人为的刻度。

正如你有意或无意创造的

一个又一个走马灯似的异名，

都指向不了你忧郁敏感的真身。

那就索性再一一杀死他们吧，

如杀死一个个同父异母兄弟，

在每一个阳光很好

坐在门口椅子上看云的日子里。

赠瞿夫子

脑中掠过的黑色蝉鸣，

只能意会的指尖电流，

卷起半山湖面上的氤氲水气。

物我两忘，闭目站着，不要有疑，

让大鹏穿云而出，

让乌鸦栖上肩头，

让蚂蚁爬满脚踝。

与石头相同，所以，

开花，凋零，回归。

镜片后面的两瓣蓝色龙鳞，

于一再重启的烟雾中时隐时现。

你说——

娱神和娱人都只是短暂的游戏，

连文字也是。

在这孤独的蓝色星球，

不系之舟。

访林逋不遇

这一次抱着琴剑千里迢迢而来

你门前的梅花早已凋谢

在远处传来空灵的车马声中

素来听话的童子在炉前酣睡

双鹤还久久盘旋青云端

把全部的山河和无限的蔚蓝

揉碎了，按入湖底

又能泛起多少故国惆怅的气息？

我没有出现在受邀名单里

你的双鹤也不会因我而起

我其实有点害怕看你

毫无涟漪、冷冷如兽的眼睛

我甚至比那位长年在亭中舞剑的
杭州老者，更不知趣。因为——
再轻柔的剑脊破空呜呜声
再细微的脚踩落叶沙沙声
都是对你清凉梦境的打扰

我绕墓一周，权当拜访
泥土里那方呵气成云的端砚
和那枚系着相思的翠玉发簪
可还完好如初？
青石墓碑前的老旧供桌上
又多了几束不知名的小花
在清晨的薄雾里

致基尔克果

傲慢的君王不屑于言语，抽出腰间宝剑
斩向那株繁茂樱桃树。总有真正神秘物
逃离我们的控制，如真气消散遁入天际。
马不停蹄赶夜路而来的使者，一脸惶疑。
"你只要照葫芦画瓢就好。"君王示意。
远在敌营的王子却即刻领会，冷酷无情。

在有浓雾的早晨，那位老年得子的老者，
叫醒独子和仆人，套上蹇驴，准时动身。
他的眼神看上去和平常无异，顺从如水。
他依旧能看到独子露在外面雪白的脖项。
只是他的蹇驴在三天旅途中小跳了两次，
第一次避开悔恨，第二次避开荒诞。
老者抽出腰间柴刀，面目突然变得陌生，

也显得更加苍老。独子的话被堵在喉咙：

"父亲啊，你为何如此？是受何种诱惑？"

此时这把被制止的柴刀，其实已经砍下。

总有一些确切细微的改变，在悄然发生，

如满身的疲惫爬上信从者远去的背影。

致保罗·策兰

蓝色的矛戈

不会被虫蛀，不会自己腐烂

家乡的语言

是杀死双亲的子弹，射出

快要到达广场中心庄严的雕像时

却拐了个弯

无可无不可，模糊神秘

嘴角冷漠上扬，笑容得意狡猾

你撕掉配方，调制一碗罂粟花一样的黑暗

让路过的每一个人喝下，并让人猜

里头最迷人也是最明白的是什么

这让我沮丧

致莱昂纳德·科恩

阳光如十字劈进带着咸味的海岛小屋

苏珊啊！你这个有夫之妇

你身上藏着湖泊和沼泽的香味

胜过我藏在吉他里的迷幻药片

我坐上一把铁做的椅子

要做一个倔强的守望者

看雾锁湖泊，沼泽腐烂芬芳

你端出了中国茶和橘子

黑暗的咖啡、入定的禅院

以及日复一日的转圈

我的打字机声音嘈杂

欲望如参孙头发疯长

禅师啊！禅师

请赐我一劳永逸的一刀

都准备好了，上帝啊

等你和他从门口经过

我就跨上白马走进更黑的黑暗

哪管身后究竟会响起谁人的歌

给一个沉默的孩子

娇小的身躯

过早地披上成人的甲胄

为了掩饰星空膨胀的内心，兵荒马乱

你露出千篇一律的微笑

你所看中的，以为不可更改的

只是一场虚伪矫情的游戏

转个身，就会有温暖的光覆盖其上

沉默的孩子

你为何恐惧

你会成为一个多情的诗人

站在一座曾经辉煌的古城废墟前

感叹古今五百年

你也会品尝到爱人的背叛与甜蜜

尘世的伤心与疼痛
收割蓝色的麦子
最终也将一无所有
不过那又有什么关系

给一位年华不再的妇人

头发开始发白，年华不再的妇人
拄着锄头望着家的方向，让虚无的风
穿透一切，也穿透宛如麻袋松弛的身体。
你隐忍善良，为了能换回长孙的生命——

不惜站在鹰鹫的秤上，而面容平静安详。
你臣服万物生长、物物交换的朴素真理，
却不相信有众多难测的神明，藏于其中，
要不他们何以对你的诅咒一再沉默不语？

手脚静脉曲张如藤的妇人，你可知道？
《山海经》里记载的三头六臂却发出
婴儿般呼喊的、口是心非的凶猛怪兽，
早已在你脚下，凝固破碎，归于尘土。

你也是某个古老姓氏链条上的普通一环，
你的悲哀与忧愁，头靠在医院水泥墙上，
从指缝中流出的泪水，都是小小的注脚，
亘古打开的囊口，终将有被收拢的一天。

给祖父的诗

白雾和有着黑色箭镞的月光除外，

你不再渴望碰到其他的事物。

不做彩色的梦，不站在无框镜子前。

牛身上皴皱和呼出来的暖气，

胜过声音嘈杂、脸孔陌生的儿女子孙。

你嘲讽一个比你更暗的远房亲戚

——这很残忍。

也举目虚空的虚空，

没有异样的神情从苍老皮肤渗出。

一双指甲枯黄的手。

摇曳着少女腰肢没有灵魂的野草，

沙冈上张开又合拢的所有坟墓。

放牛的阿银，是我祖父之名。

大河上游的榕树，

明暗参半的秋天湖水。

给序儿的诗（一）

在灰暗的铜版画册扉页

盖一枚藏书印

并把它留在阳光里

等你放学回来自己合上

期待你能窥见

躲在白纸黑线朱砂溪水边

那只安详饮水的小鹿

睡前给你讲那个可笑的西班牙人的故事

可怜老迈的骑士终于冲向风车

人仰马翻，打落一地牙齿

稚嫩的眼睛笑得很开心

又戛然而止，在黑暗中

你突然想起另一位插画家的诗：

"我看见别人的不幸

不为之寻求亲切的安慰？"

给序儿的诗（二）

你坐在前排眼望着窗外，背朝我
我的手已经无法触及的隐秘星空
一片云雾深沉的内陆牛轭湖泊

早有雀斑如几只云雀
在你稚嫩的脸上长久地栖息鸣叫
上唇长出的淡淡胡须
是田埂横亘，让你很是烦恼忧伤

公交车停靠在老旧发亮的铁轨前
宛如大雪封山，沿途的疲倦旅客
走进山间咖啡小店，暖手歇息
让途经小村的货运火车哐当先过

当这只灭绝多年的长身怪突然现身
身边有气息的万物都吓得不敢作声
只有你还执意要捋顺它长长的毛发
"……三十七、三十八……"

砸扁汽水瓶盖当勋章，并赋予其意义
一再哈哈大笑地跳进水果摊前的水坑
每一个既天真又深刻的如此时刻
都使我惊喜得来的灵感变得黯然

云朵背后的云朵

—— 给阿朱的诗

深红色的琥珀垒块

化不成掌上清风一缕

拔剑一映，你陪着默默无语

你的天真，是晨曦中的漫天白羽

光彩夺目的贝壳，躺满午后的海滩

每一次，我所拥有的超过七瓣

那最美丽的，就会从我指缝中滑落

你微笑着，陪着我一起劳作

香火荒凉的寮里，没有挂着我的名

我这个作茧自缚的流亡者

数着一块块长满苔藓的地砖

一声空白叹息

你，无名的古木

就会迸出一颗七窍玲珑心

每当让万物歇息的神圣夜晚降临

你，我的兽，都会变得安静，向右遥卧

纵容纷乱无序的群星坠入银河

鼻息之间，云朵背后的云朵

后记

大约是在我读高二的 1999 年，室友给大家讲了一个挖苦诗人的段子。

段子是这样子的。说有一个诗人自费印了一部诗集，一本都没卖出去，最后没办法，只能拉给老丈人当柴烧。老丈人问，什么书？答曰：诗集。老丈人赶紧曰：别拉来了，太湿了，烧不着。那时候，我在宿舍里笑得最大声，甚至笑得在被子上打滚。想不到 20 年过去了，我竟然也整理出了人生第一本诗集。

敢问苍天饶过谁。

最初，我也是带着对诗歌的偏见坐在我的老师瞿炜先生面前的。我称他为瞿夫子。他精通各种文体的写作，是认真写诗，对诗歌有敬畏心的诗人。有一段时间，他用十四行诗，感悟人生，咏叹情感。

我们在无意间谈起诗，我又重复了之前的偏见，实际上，这也是大部分人的偏见。他说，诗歌是诸多文学殿堂之中最神圣、最巍峨的一座。写诗，是对语言的极致锤炼，如果有人认为写诗最容易，门槛是最低的，那么，这种看法就很危险了。

经瞿夫子这么一说，我内心一凌凛。我仿佛看到，在久远的年代，屈原带着高耸的切云峨冠，在浓烈的香气之中，跳着迷醉的娱神舞蹈，嘴里吟诵的，是诗。在遥远的爱琴海，那位盲人诗人荷马，在旁人的催促之下，清了清嗓子，讲起了诸神的愤怒与英雄的凄苦。在神的指引下，特洛伊国王普里阿摩斯深夜来到阿喀琉斯的帐中，经过苦苦哀求，才赎回了儿子赫克托耳的尸体，这才拉回特洛伊城，他一路上孤独可怜……这正是诗的传统。

瞿夫子对我说，写诗有一个好处，你为了写诗，就会去看诗（这真是一个有趣的看法），而经过诗歌的锤炼之后，你的语言会上一个台阶，文字充满美感，也变得深邃。这对其他文体的写作都是有帮助的。你看，大凡诗人写的散文都很好看，就是这个道理。当然，你也可以在诗歌的道路上继续前行，直至抵达殿堂。

"写诗是对语言的极致锤炼"，这句话深深地打动了我。于是乎，我也开始尝试写诗，至于抵达诗歌的殿堂，坦率地说，我又岂敢。

这是我的第一本诗集，也是有关人生、阅读点滴感悟的汇集。

2017 年 3 月，我从供职 15 年的报社离职，离开人生中第一份工作。在办理离职手续当天，我偷偷撕下了工作卡上的照片放在钱包里，再上交空白的工作卡。照片上的我，穿一件红 T 恤，站在办公室白墙前，笑得如少年模样。然后打开电脑，切走我用来存放个人文章的文档——这是我 15 年来最宝贵的积蓄——然后看着每一个盘慢慢格式化。

我离开报社，穿过报社附近的门洞。这是由

报社大楼和边上一间卖玛莎拉蒂豪车的车行共同形成的一个神奇门洞，尤其是在值完夜班之后，行走其中，有时空穿梭之感。我无所畏惧地穿过门洞走进夜幕之中，在虚空之中找到意义。我决定去做一名前途未卜的自由撰稿人。离职之后，我也写了人生第一首诗《我写一百二十块一条的影评》。

有一次深夜开台灯阅读，身边的妻子已经熟睡，她均匀的呼吸，让我想到云朵背后的云朵，这也是这本诗集书名的由来。

也有一些是模仿之作。比如诗集中的《猫》，就有模仿布莱克《老虎》和里尔克《豹》的痕迹。在这里，我要老实交代。不过，我觉得模仿也不失为一种很好的学习途径。读鲁迅和许广平的早期通信，我们能明显地感觉到，身为女学生的许广平是情不自禁踮着脚尖，模仿鲁迅思考问题的方式与行文的腔调，与鲁迅真诚交流。纵使如此，不得不说，许广平写给鲁迅的书信，也是很精彩的。

据说古往今来，每一位伟大的或蹩脚的作家都要有一本诗集。我当然属于后者。

王永胜

2019 年 11 月 29 日于梧桐书屋

图书在版编目（ＣＩＰ）数据

云朵背后的云朵 / 王永胜著 . —北京：中国民族
文化出版社有限公司 , 2020.6 (2025.1重印)
ISBN 978-7-5122-1319-7

Ⅰ . ①云… Ⅱ . ①王… Ⅲ . ①诗集－中国－当代
Ⅳ . ① I227

中国版本图书馆 CIP 数据核字 (2020) 第 037481 号

云朵背后的云朵

作　　者　王永胜

责任编辑　李文学

责任校对　张嘉林

出 版 者　中国民族文化出版社　地址：北京市东城区和平里北街14号
　　　　　　邮编：100013　联系电话：010-84250639 64211754（传真）

印　　装　三河市同力彩印有限公司

开　　本　889mm×1194mm 1/32

印　　张　5.875

字　　数　25千

版　　次　2020年7月第1版　　2025年1月第2次印刷

标准书号　ISBN 978-7-5122-1319-7

定　　价　48.00元